観音様のうんこ2

すべての配達員に捧ぐ

西東 フランシスコ洋介
SAITO Francisco Yosuke

文芸社

目次

人生初のプータロー満喫中

あと先考えずにその場のノリや雰囲気で自分の大切な将来のことを親しい人や周りの人の意見などおかまいなしに一人だけで勝手に決めてしまい、のちのち頭抱えてどうしよーと大後悔を繰り返す愚か者の俺。

去年も、なんかやる気なくなっちゃったなーと四半世紀もの間お世話になった会社を『退職届』という名の薄っぺらな紙切れ一枚で、社会的な地位や名誉も、その会社の副社長におそらくなっていたであろう事実もすべてを棒にふって、『なんか行きたいから』という理由だけで中学の時に写真で見た南米ペルーのインカ帝国時代の遺跡マチュピチュツアーに行っちゃった俺。

俺五十二歳。独身、セクシーな彼女あり。

ふらっと参加したツアーから帰ってきて、もうかれこれ一カ月、人生で初のプータローを満喫中。

仕事をしている時は、なんかかっこつけてスポーツクラブに通っちゃったりして健康管理とか体形の維持とか結構気にしてたんだけどさ、会社辞めたと同時にスポーツクラブの会員も解約したりして。

なかなかイケテる体つきだったんだけど、なんにもしないで一カ月過ごしてたらあっという間にお腹出てきちゃったりしてさ、セクシー彼女からは「お腹ブヨブヨ星人」とか言ってからかわれる始末だし。

あ、ちなみに俺の彼女、三歳下ね。身長百六十八センチ、すらっとしてて足なんか長い長い、顔立ちも端正でさ、いいお尻してんだよ、これがまた。

まだまだ男性上位なこの世の中で一部上場企業の課長職についていて、今度もしかしたら部長になれるかもしれないんだって、凄いよね。

しかも彼女、ここだけの話なんだけど〝スペックホルダー〟なのよ。

特殊能力とか超能力とかって言われてるやつ。

超感覚的知覚系の透視やテレパシー、念力系の念写やテレポーテーションなんて呼ばれてるやつ。

うそだあって言われそうだけど、彼女自身も自分の能力を疑ってるわけ、ちょっと怖いじゃない、そんな能力が自分にあったらさ。

ただの思いつきでふらっと行ったマチュピチュから帰ってきて、しばらくして婚姻届出したんだけど、提出する前の日に大事な話があるって深刻そうな顔してベッドの上で真っ裸で顔をズイッと俺の目の前に出してきたわけ。

「あのさ……」

薄い光沢のある唇がなにかを言い淀んでるから、なにか凄く不安そうな表情を浮かべてるからね、昨日一緒に書いた婚姻届出すのもうちょっと様子見ない？とか言われるのかなあとか思って内心びくびくしてたんだけど、

「私さ、自分でも半信半疑っていうかよく分からないんだけどさ、超能力っていうか、先が見えるっていうか、色々迷うことってあるじゃない、その時にどうし

たらいいのかどの道に行ったら一番いいのか見えちゃうっていうか、分かっちゃうっていうかさ……とにかくそういうことなのよ」

「へ？」

時おり視線を外しながら、自信なさげに話している香織の横顔を見ながら、この人はいったいなにを言ってるんだと？？？　の俺。

その後の香織の話がこうだ。

なんでも、仕事で行き詰まったり家族や友人になんらかの問題が発生し、どうしようと悩みながら寝ると、夢の中というか瞼の裏側というか、見えるんだって、解決策が。

だから女だてらに世間的に名の通っている大会社における重要な部署の課長職につくことができてるし、今まで大きなトラブルに見舞われたこともないし、順風満帆と言えばそのたぐいに入るんじゃないかと。

「予知能力ってこと？」

「うーん……そんな感じかなあ、ほんとにね、起きてる時とおんなじなんだよね、それが見えてる時って。しかも、朝起きてからトラブル解決まで見えたとおりに一日過ごすと、ぜーんぶ解決しちゃうんだよね。凄いんだよ、起きるじゃん、そうするとまるで操り人形みたいに誘導されていくの、細かいところまで。トイレに行くところから始まって、会社着いてこの人とかあの人とかに話す内容とか、クライアントとのやり取りとか誰とお昼ご飯食べに行くとか、一緒にお昼食べに行った人の前歯に海苔が付いてるとか、誘導されるがままに一日過ごすといつの間にか、あれって感じで全部いい方向で終わるのよ」

「ふ〜ん」

聞きながら、香織の形のいいおっぱいを軽く揉んでたらペシッと手のひらをたたかれた。

日曜日の爽やかな日差しが足元に入り込んできた。言い終わって不安そうな顔をして少し俯いている香織の顔を下から覗きこんだ。

「……香織はスゲーなあ、俺もそんな力があったら良かったなあ。あ、でもさ、それって今から訓練とかしたら身につくのかな、教えてくんない？」

軽く両方のビーチクを人差し指と親指でつまみ、ネジネジ。

あんっと俯きながら少し体をよじった。

香織の不安を取り除いてあげたかった。第一、今聞いた能力がスペックと言われるものかどうかなんて分からない。たまたま偶然が重なっているのかもしれないし、日々の香織の生活の流れの中でごく当たり前に危機を脱することができているのかもしれない。自分を信じて自分の進むべき道を信じて、日々アンテナを自分の周りに張り巡らして、どうしたらいいのか考えて空気を感じ、過ごしていれば、当たり前のことなんじゃないのかなあと思うけど。

まあ、でも寝てる間に見えるってところがちょっと不思議といえば不思議だけど。

「茂さんとこにごはん食べに行こうよ」

今はそういう気分じゃないのよと軽くあしらわれ、ベッドからするりと抜け出した。

「そうだね」

俺も、だいぶ出てきたお腹をさすりながら、よっこいしょーいちと独り言を言いつつベッドから離脱。

「古っ」

絶対聞こえないであろうぐらいの音量で言ったのに、まさか聞こえるとは。

さてはお主、テレパシー（言語その他の感覚的手段によらずに、ある人の精神からほかの人の精神に思考・観念・感覚などの印象が伝達されること／広辞苑より）を使って、俺の言おうとしたことを読みおったな！

なあんてね。

さてと、日曜もお昼から開いてる個人経営のおいしいお寿司屋さん行こっと。

「茂さん来たよー」

自宅のアパートから歩いて十分くらいの、最寄り駅に程近い場所にこっそりと鎮座ましましている『すし茂』と書かれた暖簾を裏拳で弾きながら引き戸を左へ。

へいらっしゃい！　といつもの威勢のいい声が心地いい。

十人も座ればいっぱいになるカウンターだけの席の真ん中に陣取り、お通しやおしぼりよりもいち早く出されたジョッキの生ビールをカンパーイ！　と威勢よく二人で半分まで喉のビリビリに耐えながらぷはーっと飲む飲む。

相変わらずいい飲みっぷりですねとおしぼりに続きお通しを二人の前に並べ、間髪入れずにマグロの赤身とイクラの軍艦巻き、それに鮭の炙りにヤリイカのさび抜きにぎり、ウニの軍艦巻きに鯛の刺身を、ちょっと大きめの寿司ゲタに盛りっと盛り、ニコニコしながらボンボンッと二人の前に並べる。

「茂さん、相変わらず仕事が早いんだから、ていうかバレバレなんだけど」

ほかに常連のお客さんが入り口から一番遠い席に座って、日本酒の冷やを旨そうにやっている。その二人に聞こえないように香織が茂さんに話しかける。

「また遠隔視（その場にいながらにして遠隔地にある対象や物体を視覚的に把握する能力）使ったのお。ていうか、それってその人が持っていた物とかを触って初めてその人がどこにいるか分かるんでしょ。茂さん、私か浩一の物なんか持ってるの？」

へへ、すいやせんなんて言いながら、レジスターをチンッと開け、申し訳なさそうに一枚の百円玉を手に取った。

「それって私か浩一が持ってた百円なの。へええ、そんなものでどこにいるか分かっちゃうんだ、凄いね」

茂さん、照れる。

遠隔視は通常、対象者が一度でも触れたことのあるものであれば遠隔視ホルダーの者はそれを使って対象者の居場所を把握することができる。今回の茂さんの場合は、香織が持っていた百円玉によって居場所を確認し、お店に来るであろうことを予測し、事前に〝いつもの〟を用意してた。

「さすが茂さん、やるう！」

照れる茂さん。

その後もなんだかんだワイワイやってるうちに、「そういえば草太がいないけどどうしたの」と茂さんに投げかけると「あいつは辞めちまいました」と答えが返ってきた。

なんでも、お金を稼がなければいけない事情ができてしまったとのことで、手っ取り早く稼げて意外と実入りのいい〝宅配便〟の仕事を個人事業主という形でやっているんだそうだ。

「そうなんだ、残念だね。いい青年だったよね草太君」

「へえ。あいつが十八の時からかれこれ十五年、板前になりたいんですと神妙な顔つきで店に入ってきたのを今でも覚えておりやす。そろそろ一人前の職人になれたとあっしは認めておりやした、暖簾分けももうそろそろなんだと。あいつのためにと思い、店を持たせてやりてえと準備もしておりました。残念です。まあ、あいつのために貯めていた金は、へたってきたこの店の改装にでも使わせてもらえますわ」

茂さん寂しそうだなあ。なんていっても本当の息子以上にかわいがっていたからなあ。このお店に通うようになってかれこれ十年以上になるけど、カウンターの向こうの二人はいっつも笑ってお寿司にぎってたなあ。

「草太君いつ辞めちゃったの」

香織が残念という文字を顔に浮かべて茂さんに言う。この店に来るのがちょっとご無沙汰になってしまっていたから、時間を無理やりにでも作って訪れれば良かったなあと心底思う。

「先週の日曜日には行っちまいました」

「そうなんだ」

「どこでやってるの配達?」

茂さんの話では隣の隣の街でやってるらしい。

「なあんだ、めっちゃ近いじゃん。それならいつでも会えるじゃんねえ」

「いやいや、あいつも忙しいみたいで、それどころじゃあねえみたいで」

「ふ～んそうなんだ。茂さん、草太と連絡取ってくんない。それ、俺もやろうかな」

香織はウニの軍艦巻きを今まさに口にほおばろうとしているのをやめ、ゆっくりと寿司ゲタに戻し、〝へ？〟という顔を鈍い動きで俺の方へ向けた。茂さんも香織と動きをシンクロさせる。

「いや、ほら、いつまでもプータローやってるわけにもいかないでしょ。それにさ、噂では結構稼げるみたいだし。貯金もまだまだあるけどさ、それだって使ってればなくなっていくばかりだしさ」

なんか二人の圧に押されて早口で弁解する俺。なんで弁解しなくちゃいけないんだ。

「あのさ、そんなにお腹出ててできるわけないでしょ。大丈夫よ、浩ちゃん一人ぐらい私が養ってあげるから」

それも悪くないなあ、なんて心の中で一瞬ほくそ笑むったらほくそ笑む。

「ばか、そんなわけにいかないだろ。男は仕事してなんぼ、仕事ができてなんぼなんだから、ねえ茂さん」

「今は色々な生き方が、あっしの若い時と違って選べますからねえ。そういうのもありなんじゃあないですか」

ウニの軍艦巻きをほおばりながらにやにやしてる香織を横目に、草太と連絡取ってだの早めがいいだの、なんやかんややり取りをして、「だったら明日の月曜日、自分休みですから詳しい話をしに行きます」なんて急に決まっちゃったりして、じゃあ明日お昼の十二時にって決まった。

翌日、日焼けして逞しくなった草太に目を細めている茂さんを見ながら良かったねえ、なんて思っていると、「じゃあ軽貨物自動車購入してもらって、二週間後の朝の五時にここに来てください」って、住所書いたメモ渡されて。

宅配業者というものがどういうものなのか、イメージはある。でも、その内情なんて到底分からないのが今の俺。

この年になって新入社員の頃のような期待と不安、ワクワクとドッキンドッキンをまた味わうことになるとは。

かくして、自分だけの前人未到な世界へ、五里霧中、四面楚歌の世界へ足を踏み入れちゃったんだよねえ、これがまた。

〝ザ・宅配〟初日

約束の日の朝の五時。夏がすぐそばまで来ている匂いが漂っている。おてんと様はすでに顔を出し、今日も全開でこの煩悩の世界を照らしてやるぞーっと意気込んでいるぜ。

しっかしまあ、なんとか起きられたけどさあ、早すぎないか？　五時だよ五時。さすがに香織も心配な顔をしてたよ、無理だけは絶対にしないでねって。分かってるよと言って出てきたけど、すでに無理無理感がね、ちょっとだけ漂ってるけど。

「おはようございます。いい車ですね、新車で買ったんですか」

前日に草太から連絡があった。宅配貨物の集積場は担当者ごとに車両の停める場所が決まっているから、中には入らずに入り口の辺りで待っていてほしいと。現着して、車の中で待ってるのも失礼かなと思ったので、外に出てボンネットの前で眠いなあと思っていたら不意に後ろから声をかけられた。

「おお、草太。おはようさん。そうなんだよ、なんかさどれにしたらいいか全然分かんなかったからさ、ディーラー行って今度軽貨物運送始めるんですって言ったら営業マンが全部やってくれたよ」

「そうなんですね。どれくらいかかりました？」

「うんとね、総額で百二十万かな」

「あ、その辺なら妥当なところですね」

「良かったあ、なんか足元見られてるみたいで不安だったんだよね」

「良かったです。ここじゃほかの車の迷惑になってしまうので、車停める場所へ案内します。僕についてきてください」

「分かった」

　相変わらず律儀なやつだなあと思う。もうお客と板前さんの立場じゃあないのに、きちっと目上の人には敬意を払う。さすが茂さんの弟子だわ。

　都内の大きな物流センターに潜入。途中、守衛さんに会釈をして、ずらりと並んだ大型トラックを何十台も通りこす。

　やっとのこと、ぱっと開けた場所に出たなと思ったら、その異様な光景に思わずゴクリと息を呑んだ。

　朝の五時ちょっと過ぎ、ざっと見て多分軽貨物自動車が百台は集まっているんじゃないかと思われる。その並び方に規則性はないが、なにかの法則に則り、操られるかのように整然と並び、その個々の車両の後ろには色々な形をした宅配荷物がギッシリ詰まった手押しのカーゴが置かれ、スマートフォンをちょっと厚くした感じのモバイル端末を使い、カーゴに詰まっている宅配貨物を上から順番に手に取り、数秒間その荷物を真っ赤に充血した目で凝視した後、おもむろに端末から出る赤外線のビームで荷物に付随しているバーコードをチロリロリンという今まで聞いたことのない音とともに無心に読み取り、丁寧に荷台に積み込んでいく。

その間、軽自動車一台がやっと通れる隙間をかいくぐり、建物の壁が見えたなと思ったところに二台が収まりそうなスペースを見つけた。

草太が停めた左隣に自分も停めた。

車を降りると、今まで感じたことのない異様な雰囲気が漂っていることに気付いた。重いというか息苦しいというか。

「今日からここに停めてください」

ハッとしてわれに帰る。

「あ、ああ、ありがとう」

「じゃあ事務所に案内しますね。それと前にも少し話しましたが、申し訳ありませんが浩一さんは今日から僕の下についていただきますので、よろしくお願いいたします」

「うん分かってるよ、こちらこそよろしくお願いします」

と言って、申し訳なさそうにしている小柄だけど頼りがいのありそうな青年に頭を下げた。

草太にこの場所からの脱出方法を教えてもらいながらエレベーターで五階の事務所へ上がる。

当たり前のことだけど、青を基調とした同じ制服をそこにいる全員が着ている。

その中の三、四人がパソコンの前に座って画面を凝視している。

中にはその画面に向かって、「こいつ、いっつもいねえくせによう」とか「この野郎、またどうせバックレんだろ」とか悪態をついてる者もいる。

どうやら、お客様からの再配達の依頼がそこから見られるらしいことはなんとなく分かった。

草太に連れられて〝運行管理〟と書かれたプレートが上からぶら下がっているカウンターの前に来た。

エアコンの風が当たっているのか、そのプレートがぶ～らぶ～らぶ～らぶ～ら揺れている。

カウンターに目を落とすと、さっき下で見たモバイル端末と黒い四角い握りこぶしほどのかたまり、それと手のひらサイズくらいの計算機をちょっと太らせたようなものがワンセットという感じで、白いカウンターの上にこれでもかとズラリと並べられている。

「浩一さんの号車番号は４３３です。大体この辺りに置いてあると思いますので、朝来たらご自分で探してください」

オッケーと俺。

現状を考えると、右も左も分からない。が、やらなきゃいけないことは分かっている。

そう、〝ザ・宅配〟。

「ちなみに草太は何号車なの」

「僕は199です」

「なんか離れてるね、番号が」

「その辺はあまり気にしなくてもいいですよ、ただの番号ですから」

「囚人の番号か」

「ははは、そうかもしれませんね」

「草太お前も忙しいだろ、なんだったらこのモバイルの操作ちょこちょこっと教えてもらえれば、後は自分でなんとかするぞ」

「初日ですからそうはいきませんよ」

「大丈夫大丈夫、まかしとけって」

「………」

〝ザ宅配〟を完全になめきってたわけで。

父さん、僕は今この世界に入ったことを激しく後悔しているわけで……by北の国から……てへぺろ。

機械の操作はどちらかというと得意な方だったから、モバイル端末の操作はなんとなく理解できた。担当するコースの不在連絡もパソコンから確認し、（このやり方も教わった）必要な機材や帳票のたぐいも持ってエレベーターで降りて自分の車の後ろへ〝433〟と番号のかかった背丈よりもちょっと高いカーゴをよいしょよいしょと引っ張ってくる。襟を正して改めて、そのカーゴをまじまじと見てみる。

「こりゃあ大変なことになったぞ」

大きなため息を一つ。

隣で積み込み作業中（ていうか、ほぼ立体式パズルゲームをやってるみたいだよ）の手を止めて草太が声をかけてきた。

「大丈夫ですか？」

「大丈夫かどうかも分からないな。ははは、そんなにびっしり積んで、どこに誰の荷物があるとか把握してるのか」

「はい、大体ですけど。でもちょくちょく分からなくなりますよ」

「そういう時はどうすんだ」

「ひたすら探します」

なあんだそうかと二人でちょっと談笑。

「ちょっと思ったんだけどさ」

「なんですか」

「ほかの人の話し声が全然しないよな」

「うーん、皆さん真剣なんですよ」

「そうなんだ」

ほんとに話し声がしない。見渡してみる、少なく見てもこの場所には八十台くらいは停まっている。ということは、八十人の人間がいるということだ。にもかかわらず聞こえてくる音といえば、端末で荷物のバーコードを、なにかに取り憑かれたように一心不乱に読み取るあの〝チロリロリン〟という音と、荷物をさばく〝ゴソッ〟とか〝ボスッ〟とか、ダンボールが手でこすれる音とか、カーゴを引っ張る音とか、車のドアを開け閉めする音とか、咳払いとか、軽自動車のエンジン音とか。

「多分皆さん、僕もそうですけど余裕がないんじゃないかと思いますよ」

そう言って自分の作業に戻った。

さあてと途方に暮れてる場合じゃあないぞとバーコードを読み取り、荷物に貼られている配達伝票をはがし、自分が配達する地域（某区某町四丁目と五丁目のたったの二丁界）の地図とにらめっこしながら、大体こんな感じかなあとなんとか立体式パズルを完成させたのが八時ちょっと前。

完成させたパズルを前にして、また途方に暮れてしまう。

「こんなの一日で回りきれんのかあ」

なんか自分がどこか違う星から来た宇宙人のように思えた。

だって未知の世界にいるんだもん、思わずつぶやいちゃったよ。

「積み終わりましたね、伝票貸してください。僕が配達する順番に組みますから」

「いいよいいよ、そんなことしてもらったら覚えるのが遅くなるよ、自分で組んでみるから。草太ありがとな」

どうやら草太はもう組み終わってるらしい。

あいつらしい、綺麗に整えられた伝票の束が荷台の荷物の上に置いてある。

「分かりました、では、〝貴重品〟を取りに行きましょう」

「貴重品？」

「そうです。それを取りに行ったら出発です」

「そうなんだ」

「ちょっと端末見せてください」

「はいよ」

ちょこちょこっと操作をして画面を見た草太。あきらかに動揺を隠せない。

「浩一さん、さすがに初日からこの件数は無理です。後でフォローに行きますが僕もそんなに早くは行けません。とりあえず回っていてください。主任さんにも相談してみますので」

俺も草太もこの会社の社員ではない。いわゆる外注というやつだ。

色んな外注業者が入り混じっているわけだが、なにかトラブルが発生した場合は元請け会社の社員さんに相談をするというのが一つのルールになっている。配達時の苦情やトラブルもすべて対応してくれることになっているらしい。

「そんなに持ち出ししてるの俺？」

「はい。さすがにちょっと無理な数です」

「そうなんだ、ま、なんとか」

と言いかけて草太にきりっと制された。

「いえ、ベテランの配達員でも一日で回れるかどうかという数です。大体目安は百五十個前後が妥当なところ、浩一さんは二百個持ち出しています。フォローは入れてもらえるよう頼んでおきますので」

「フォローが入るんなら大丈夫だよな?」

「はい、おそらく……」

どうも煮え切らない様子の草太。

まいっかと貴重品を受け取る順番が来たので、冴えない顔の草太の見よう見まねで荷物を受け取った。

車両の停まっているところに戻り、さあ行こうかなと車に乗り込みエンジンをかける。腕時計に目を落とすと八時半、現場してから三時間半余り。出発するまで随分と時間がかかるもんなんだなあと思いながらシフトレバーに手をかける。

「浩一さん！」

運転席の窓越しからの草太の声に不意を突かれる。

「これから宅配課の課長様からお話がありますので集合します！」

草太にドアを開けられ強引に引き出された。いてててってな具合で引っ張られるから思わずその手を振りほどく。

「草太！　そんなに引っ張んなよ！」

その声が草太の耳に届いているのかいないのか、一心不乱にどこかへ向かっている。

そのまま草太の後をついていくと、なにやら号令のような怒号のような声が聞こえてきた。

なんだなんだと内心ビクビクもので建物の正面玄関とおぼしき場所にたどり着くと、一人の相撲取りみたいにガタイのいい中年の男を前に、規則正しくズラッと青を基調とした制服を着た大の男どもが整列して、相撲取りの言った言葉の後に続けて、これでもかと言わんばかりにそこにいる全員が（おそらく、配達員の方々）声を張り上げ復唱している。

なんだなんだとその光景に面食らっている俺の腕をまたグイッとつかみやがるからさ、草太が。

放せって言おうとしたら、より強く引っ張りやがって、その迫力に圧倒されちゃったから、仕方なくされるがままにその集団の最後尾に収まったよ。

「一つ！　指定配達時間を守らない者は悪である！」

「一つ！　指定配達時間を守らない者は悪である！」

「ひとーつ！　荷物を破損させたりなくした者はそのすべての責任を負うべし！」

「ひと～つ！　荷物を破損させたりなくした者はそのすべての責任を負うべし！」

「ひとっつ!! 苦情やクレームを発生させた者は即刻契約解除だ!!」

「ひとっっつ！！！ 苦情やクレームを発生させた者は即刻契約解除だ！！！」

聞いていて、なんだこれはと驚いた。このシュプレヒコールのようなものは十項目ほどだったが、すべて配達員に対する受注元からの脅しにしか聞こえなかった。

中には配達員の家族にも危害を加えかねないような内容のものも含まれている。

「おいおい……」

その場所が大通りに面していたため、いやがうえにも人目につく。ましてや通勤通学の人々の往来もそれなりにある。

そんな光景に目を伏せて足早に通り過ぎていく人。

うわ〜って感じに気の毒そうに通り過ぎていく人。

あきれ顔の人。

会社のイメージって大事だと思う、かなり。

こんなことやってるようじゃこの会社に根強く居座るあまり良くないイメージは、いつまで経っても払拭されることはないんじゃないかと思う。ま、それなりに稼げればどうでもいいけどさ。

そんな示威行為とお説教は三十分ほど続き、配達する前から、もうお疲れモード全開。

その場所から解放されてからも、またこれが大変で、百台余りの軽自動車が一気に出発しようとするもんだから、出口渋滞が発生しちゃって、おまけに出口のすぐ前が交通量の多い片側三車線の国道だもんだからなかなか合流できなくて、さらに悪いことに出発渋滞の最後尾にいたもんだから、なんと合流するまで一時間以上かかっちゃって、自分の配達エリアに着いたのが十一時近くになっちゃって、そこからエリア地図と三十分ほど格闘して配達する順番をなんとか割り出し、さあ行くぞって思ったら思い出した、草太の言葉。

「荷物に記載されている、もしくはシールで貼られている〝午前中〟というのは特に遅れてはいけなくて、遅れる場合は電話連絡をするというのが決まりになっていますので、お願いします」

「電話連絡ねえ……」

午前中と指定のある荷物を電話伝票で数えてみる。

「三十二件かよ、あと二十分で回れんの、これ」

初夏の日差しが心地いい、そんな時間だったわけで。

今日の出来事　その1

超ヘロヘロになりながら、やっとの思いで家にたどり着いたのが夜中の十二時。寝てていいよって言ったのに律儀に起きていてくれた香織。無言でお弁当の入ったバッグを受け取り（そうなのよ、お弁当作ってくれたのよ）、テーブルの上に置き、俺を抱えてバスルームへ連れていってくれた。

よっこらぺっこら服を脱がされ、お湯の張っていないバスタブの中へ促され、適温のシャワーを頭からかけられる。シャンプーで頭を優しくゴシゴシされ、ボディシャンプーでこれまた優しく体を洗われる。

泡を綺麗に流されて、髭剃り泡を顔、下半分にぬりぬり。

「髭は自分で剃ってね」

「うん、ありがとう」

「ごはんは？」

「なんか食欲がないや」

「そう。剃れたら言って」

「うん、ありがとう」

香織の優しい声に心が癒される。

明日も仕事だろうにと思う。色々なしがらみの中で日々神経をすり減らして戦い、クタクタになって帰ってきて、いつ帰ってくるやも知れない同居人を待ち、やっと帰ってきたと思ったらなんの文句も言わずにお世話をしてくれるこの女性に、ほんとに申し訳ないと思う。

今思えば、前に勤めていた会社を辞めた時も香織には事後報告だったし、今乗ってる自家用車を買う時もなんの相談もしなかった。

お金は十分あったから、お金で苦労をかけたことはないと思う。ただ、なんで一言相談してくれなかったのといつも寂しい思いをしていたに違いなかったんじゃあないのかなあと、ごめんなさいという気持ちに体じゅうを支配されている。

「香織、剃れたよ」

カチャカチャとお弁当箱だろうか、洗っている音が弱々しく聞こえている。

「うん分かった、ちょっと待ってね」

「うん」

香織に聞こえるか聞こえないかぐらいの返事をした。

泣けてきた、自分の不甲斐なさに。

いつの間にか香織の腕の中に包まれていた。

「大丈夫よ、私が守ってあげるから」

包んでくれているその腕の中で、なんとも言えない安堵感に満たされて裸のまま寝てしまった。


ハタと気付いて目をバサッと開けると香織は、うつらうつらとしながらしっかり俺のことを抱きしめていた。

いかん、寝てしまったと、バスルームに備え付けの温度計と湿度計付きの時計をむんずと睨め付けた。

見ると時計の針は十二時十分を指している。

うわー、やっちまったあと思ったよ。

お昼の十二時だって時計を見て愕然としたね。でもその後一瞬考えた、時間が戻るはずもないから、別にいいんじゃねって。そんなゴソゴソやってたら、香織が耳元で大丈夫よって囁いてくれたんだ、心配しないでって、まだ十分しか経ってないよって。

「えっ、まじで?」

香織が十分しか経ってないよと言う割には、あのドロドロに疲れ切った脳ミソはスッキリしてるし、ヘロヘロになっていた体もその疲れなどどこ吹く風ってなもんで吹き飛んでいた。と思ったら急激にお腹が空いてきた。

「焼きそば食べる?」

さすが香織、すべてお見通しだね。

「うん、お腹空いた」

待っててね、すぐ作るから。その前にパジャマ着てねとペロンと俺の下半身を一つ撫で上げてモンローウオークでキッチンへ。俺はバスタブからひょいっと軽くなった身を起こし、脱衣場でちょいちょいっと体を拭き、香織の用意してくれた色鮮やかなオレンジ色のパジャマに鼻歌交じりで袖を通し、両足も軽やかに通して、歩いて五歩ほどの距離のあるキッチン兼ダイニングの扉を開けた。

「できてるよ」

テーブルの上には、ほくほくっと湯気の上がった、ソースのおいしそうな匂いがやけに食欲をそそる焼きそばが、早く私を食べてと誘っているので、いただきますと言うのと席に座るのと同時に食べ始めた。

隣に座ってうれしそうに香織が俺の顔を眺めている。

今日の出来事　その2

食べているうちにハタと思い出したので、今日一日の過酷すぎる出来事を香織に話し始めたんだ。脅しのような朝礼や、その荷物一つ一つに付いてくる色々な面倒くさいもの（時間指定、代金引換、貴重品、事前連絡同時引換、本人確認、ピンスポットでの時間の指定がある荷物、運賃着払いの荷物、出荷人の思いがすっげー詰まっている荷物に、そのほかもろもろ)。

「ふーん、ただ届ければいいんじゃないんだね。そういえばさ、そんな忙しいのによくお弁当食べれたね」

俺はちょっと動揺した。だってさっき食べたんだもん。

そんな時間はなかったよ。結局、午前中に届けなさいねという指定があった荷物三十二件をやっとのことで十四時過ぎに大変申し訳ございませんと言いながら配り終わり、冷や汗をダラダラ流しながら今度は十二時~十四時指定の荷物十一件をこれまた謝罪謝罪の連続で罵声を浴びながら、これまたなんとか十五時半に終了。

ここからさらに十四時~十六時の指定の荷物八件(これはちょっと楽だった)を十六時過ぎに終わらせ、今度は十六時~十八時の指定が入った荷物六件を十七時過ぎに配完。

ここまででたったの五十七件。残りあと百四十三件。

いやいや、さすがに途方に暮れましたよ。

香織が作ってくれたお弁当も食べる気にならず、代金引換の荷物届けに行ったら、電話口では現金でって言ってたのに、いざ行ってみたらやっぱりカード決済でお願いしますって言われて、草太に電話しながらあたふたあたふた端末の操作をしてたら、できないなら現金でいいよなんて困った顔をされ、情けをかけられた時のことを思い出しながら、時間の指定が入っていない荷物の配達に取りかかる。

どうしたって初めて見る街並み、効率良く回れるはずもなく、おんなじところをグルグルグルグル。

あーさっき通った、あーまたここかなんて思いながら五、六件回り、「は～、二件しか落ちないのかよ（業界では荷物を配達完了させることを〝落とす〟と言う）」って落胆して腕時計を見ると十八時を過ぎている。

いかんいかんと今度は十八時～二十時の指定の入った荷物、二十五件に手を付け始める。

ひ〜ひ〜言いながら、いつになったらフォローとやらの入電があるのかと心待ちにしながら、えっちらおっちら二十三件の荷物を落とす。

さすがに暗くなってくると在宅率が急に上がるなあと感心しながら、二十時過ぎから今度は十九時〜二十一時指定の荷物二十五件を回り始める。

さらに遅い指定の荷物だから在宅率は良いだろうと予想をしていたが、なんのなんの全然落ちない。

なんでと思考を巡らせてみる。

ムムムムムピーン!!

そうか、閃いた!

荷物に記載の住所には、グランデールなんとかセレクトあんじゃらとかマドレーヌなにがしとかライフピアあわあわとか。

おそらくはまだ若い世代が入居しているであろうお洒落な名前のアパートばっ

かり。

帰ってきてるわけがないよねえ。みんな、田舎から出てきてさ、一生懸命頑張って仕事してるのに、こんな時間に帰れるはずがないよねえと思う。なんだったら運送屋さん、二十二時~二十四時なんて指定時間も作ってよ、なあんて言われそうだよね。

なんとか二十二時までかかって、やっぱり平謝りの連続で一番遅い時間帯の荷物を回り終える。

ここまでで百五件。うち、配完七十三件、不在三十二件。

俺たち外注業者は配完荷物一個につき百七十円が自分の利益として入ってくる仕組みになっている。で、その中から自分が所属している業者から何パーセントか引かれた後の単価が本当の自分の単価になるわけだけど、それが、百五十円になったり、百三十円になったり、まちまち。

ちなみに、俺の単価百六十円なり。

しっかし安いよねえと思う。

ガソリン代と時間と労力使って、一個落としたら百六十円だってさ。

それも落ちればの話。

お伺いした先がご不在だったらゼロ円だよゼロ円。

ガソリン代と時間と労力使ってお伺いしてるのにゼロ円だって、全然稼げないじゃん。

「あと九十五件かあ」

今日、何度目かの途方に暮れる状態。そういえば香織心配してるだろうなあ、今日一回も連絡してないもんなあ。よし、思い切って携帯見てみようと思って、まだ食べていないお弁当と汗拭きタオルと携帯用の小さいティッシュが入っている、三日月みたいなマークが、で～んと描かれているバックパックの頭を開き、手を入れて内側に付いているポケットの中からスマホを取り出し電源オン♪

目の中に、高周波で比較的高いエネルギーを持つ可視光線の青い光がこれでもかと入り込んできた。

「まぶしっ」

と、つぶやきながら目をしょぼしょぼさせて内容の確認。

「あれ、香織からなんにも入ってないや」

見ると、余計な広告メールは何件か入ってきてはいるが、香織からは音沙汰なし。なんかガッカリぽん。

あと九十五件。この時間から始めても苦情やクレームのもとになるだけだなあと思い営業所に戻ることにした。

と思ったら急にお腹が空いてきて、あ、そうだ……香織が作ってくれたお弁当があったと気付き、なんだかホッとした。

よし、食べようと思い、バックパックの中から無造作に取り出して、包んである肌触りの良い小さい風呂敷をするりと外し、年季の入ったアルミでできたお弁当箱を手に取り、パカリと開けた。

白色のＬＥＤ室内灯にぱあっと照らされたそのお弁当は七色に光り輝いていた。

「う・ま・そっ！」

いただきまあす！　と言って手を合わせ、かっこんだよ、うまっ！　うまっ！　って言いながら。

そのお弁当を食べながら、香織に感謝したよ、心の底から。

「結構、量あったなあ、げふっ」

ごちそうさまでしたと丁寧にお辞儀をしてからアルミの蓋を閉め、するりと小さい風呂敷で包んでバックパックの中へ。

あーおいしかったと腕時計を見ると二十二時三十分。

「帰ろっと」

車のシフトレバーをドライブレンジに入れてヘッドライトを点け、

「シートベルトはいいや」

と独り言をぼそりと吐きながら営業所に向かった。

香織のパワー

香織が作ってくれた焼きそばを、うまっ！　うまっ！　っと食べながら、今日あった出来事を早口にまくしたてた。超大盛り焼きそばだったから、食べながら全然話せた。

「ふ〜ん。浩ちゃん大変だったね、お疲れ様でした。明日、もう今日だけど、昨日とおんなじ時間に出るの？」

「う、うん。もうちょっとしか寝られないね」

このダイニングの広さにしては大きすぎるまん丸の白地に黒い文字盤のアナログ時計をチラッと見て、ため息をついた。

「大丈夫よ、私が添い寝してあげるから」

俺の不安を察して香織が穏やかに微笑んでくれた。本当にあの笑顔にはいつも助けられてるよなあと思う。

「あのね浩ちゃん、心霊治療って知ってる?」

ごちそうさまと言おうとして香織にさえぎられた。

心霊治療?

不思議そうな顔をしていたであろう俺に、香織が神妙な面持ちで、いつもの透き通った綺麗な声で話し始めた。

「あのね、簡単に言うと私の体に触った人とか、触られた人とかの怪我とか病気とかを治すことができるの。あと、その人に憑依している悪い霊も追い出せることができるの」

真っすぐ俺の顔を見据えているその目には妙な安堵感を得られていた。

「そうなんだ。あ、疲れている人を癒すこともできるの?」

「うん、そんなの朝飯前」

「もしかして、お風呂の中でそれをやってくれてたの?」

「うん」

と、恥ずかしそうに頷いた。

「そうなんだ、ありがとう。どうりで力もやる気も湧いてくるはずだわ」

「うふふ、それとね、お弁当にもパワーを注入できるんだよ、少しだけどね」

「あのお弁当は滅茶苦茶おいしかったもんなあ。そんなことしてたんだ」

「うん。プラス愛情も入れといた、ふふ」

俺は本当にこの人に守られているんだなあと、それを肌で感じた。この人のために逆に、俺がこの人を守ってやらなければと固く心に誓う。

歯を磨いて寝ようということになり、八畳ほどの寝室のキングサイズのベッドに二人で潜り込んだ。

香織の腕枕の中、パワーを送っている時はどんな感じなのとか、第三者の治療をした後は自分は疲れた感じはしないのとか、いつ自分の能力が分かったのとか、色んな能力持ってるねとかちょっと話した。

なんでも、香織が中学生の時、下校途中に通る公園で一人泣いている女の子がいたんだって。

どうしたのって声をかけるとその五、六歳の女の子が転んだのって血が出てる膝小僧を指さした。そこで香織はかわいそうにと、まず、公園に設置されている水道で傷の汚れを流し、持っているハンカチでその子の傷を優しく拭おうとして手をかざした。

そうしたらみるみるうちに傷がなくなって綺麗な膝小僧に戻った。

女の子は香織にお礼を言うと元気よくお家に帰っていったそうな。

最初は戸惑ったって。そりゃそうだ、自分にそんな能力があったら誰でも戸惑うよ。

でも確信を持ちたいって色々試したんだって、包丁で手を切っちゃった時とか、朝起きたら熱が三十九度もあった時とか。自分で試した後は動物で試してみたりして。

「私は全然疲れたりしないの。なんでか分からないけど、なんかね、この辺にパワーのかたまりがあるって感じはするけど」

と言ってみぞおち辺りをすりすりさすった。

ふああと大きなあくびが出てしまった俺。

ごめんごめんと俺。

寝るよとおでこにキスをされて一瞬で深い眠りに落ちる。

三時間ほどの睡眠時間。いつもは夢を見ないのにその日は黄色いお花畑にいる夢を見た、いい匂いがする。

この後にどんな悲劇が待ち受けているか、なんて思いもせず、ただ大口開けていびきをかいて寝ていたわけで。

「浩ちゃん、このいびきがねえ、ちょっとネック」

五〇対五〇じゃないんですか

さあてとなにから話したらいいのか、とにかく大変な日だったわけで。大変になってしまった原因はやっぱり前日の〝未配分〟。香織のおかげでスッキリ爽快な気持ちで目覚め、いってらっしゃいとお弁当を持たされ、営業所に到着。

先に来ていた草太に昨日はすいませんでしたと頭を下げられ、「いいっていいって。みんな忙しいんだろうから、お前のせいじゃあないよ」と慰め、さあ自分のカーゴはと見に行くと、とんでもないことになっている。

そりゃそうだよな、昨日の未配分が百件弱もあるんだからさ。

見ると、配達荷物がカーゴに収まりきらずにその前に雪崩のように無造作に積まれているというか置かれているというか。

さすがに無理じゃねと即座に思って草太のところに戻り、ちょっと見てくれとカーゴの前まで連れていき、その状態を見た草太にちょっと引かれ、どこかに電話している草太を横目にとりあえず腕組み。

ていうか、朝の五時過ぎに電話をかける相手がいるということにちょっと驚き。なにやら電話で話していた草太の背中がどんどん丸まっていき、いない相手に向かって何度も何度もお辞儀をしている。

「すいません、すいません」

と言いながら。

そこでちょっとした疑問が湧いてきた。

そもそも、こんな過酷な仕事一日目の俺を放置プレイしたのは社員さんのせいじゃあないのかと。

真面目な草太のことだから、自分も忙しいなか日中、社員さんに助けを求めていたに違いないと思う、フォローを。

それを無視してこういう状態を作り、自らの首を絞めているのは当の社員さんたちじゃあないのかと。

「まあ俺も悪いけど、草太、昨日は主任さんとか係長さんとかに助けをお願いしたんだろう」

電話を切り、恐怖に怯えている草太に問うと、はいと返事が返ってきた。

「じゃあ草太は悪くないじゃんか、俺がそいつに文句言ってやるよ」

いやいやそんなといっそう腰を低くして、手を自分の前で右へ左へとひらひら。

「そんなそんな滅相もないことでさあ。そんなこと言ったら引き回しの刑にされてしまいます。どうか穏便に〜」

いつの時代だよ。

「まあいいや、分かったよ、でもこの荷物どうすんだ」

「はい、今日はなんとかしてやるとさっき電話で言われました」

「そっか。じゃあ俺は昨日の責任を取って未配分を持ち出しするみたいな段取りでいいか？」

「はい、社員の方が朝からフォローに入っていただけるみたいなので、それで大丈夫だと思います」

「そっか、ごめんな草太。なあそういえばさ」

「なんですか」

「草太もそうだけど、みんな何時頃までコースにいるの？　昨日さ営業所に十一時くらいに戻ってきたら二、三台の人しかいなくてさ、なあんだ、もうみんな帰っちゃったんだぁと思ったんだけど、もしかしてその逆だったりする？」

自分で質問しててなんだけど、随分恐ろしい質問だなと思っていた。

草太はなにを当たり前のことを質問してるんだこの人は、と言わんばかりの顔をしている。

「え、いや皆さん十一時過ぎまではコースにいるんじゃないですかね、僕もそうですけど、この場所が朝と同じような景色になるのが十一時半ぐらいからですから」

やっぱりそうか。

「みんな毎日？」

「ええ、だと思いますよ。ああ、でも週末の土曜日はもっと酷いですね。十二時過ぎて戻るなんてことは当たり前のことみたいになってますから」

と一つ二つ頭の中に疑問が浮かぶ。

「でもさ、そんなに遅く配達行ってクレームとかにならないのか？」

「それはもちろん。そうならないように皆さん工夫して回ってるんですよ。遅くにしか帰ってこられない一人暮らしの人を中心に回るんですよ、荷物を落としたい一心で。でも女性の一人暮らしはあんまりお勧めしないですね、男性中心で回るんです」

「女性の一人暮らしの家に配達があったらどうすんだ？」

「そういう場合は行く前に一報を入れるんです。そうすれば、大抵の場合はオッケーになりますすね」

「電話に出なかったらどうすんだ」

「その場合は不在連絡票をドアポストに投函します。もちろんインターホンを鳴らした後にですけど」

聞いていて、そこまで駆け引きみたいなことをしなきゃいけないのかと思う。常識で考えて、例えば夜の二十二時過ぎの配達なんてやってはいけないことなのではないかと思う。

「そこまでしないといけないのか」

「別に義務はないですけど、落ちるんで」

そう言った草太の分厚くて真っ黒い隈が虚ろな目をより強調している。毎日どのくらい寝れるんだと聞くと、仕事の合間に昼寝が少しできるようになってきたから、一日トータルで四時間くらいですかねと返事が返ってきた。

「そんな睡眠時間で大丈夫なのか、毎日そんなんじゃ体がもたないだろうに」

「大丈夫ですよ、お客さん待ってますから」

昨日の夜、営業所に戻り、未配の荷物と不在の荷物を自分のカーゴに戻そうと思い取りに行くと、先に帰社していた六十代とおぼしき男がいた。浅黒く肌の焦げたその男は、自分のであろうカーゴに、これまた不在分だったであろう荷物をガシャンガシャンいわせながら投げつけ、なにやら叫んでいる。

よく聞いてみると「この野郎バックレやがって!」「お前何回バックレりゃあ気が済むんだよ」「自分で再配達の連絡入れてきてんじゃあねえのかよお!」「ふざけんな!」などと言いながら鬼の形相のその男。

その男の行動と叫んでいる声を聞いて、話には聞いていたが、そうなんだなと思った。

〝バックレる〟らしいということ。

荷受人であるお客様ご自身が、何日の何時に再配達をお願いしますとウェブなり電話なりで連絡をしておきながら、その約束を守らないお客さんが珍しくないということ。しかもそれを何回も繰り返す荷受人がたくさんいるということ。

配達している方にしてみれば、その卑劣とも取れる行為。ご自身でこの日のこの時間帯に配達お願いしますと言ってきたんじゃあないんですか、じゃあなんで在宅してないんですかとそのお客さんに聞いてみたくなる。

それも一回でも許せないのに、二回三回と約束を守らない荷受人が多数存在する。しかも、約束を破られるのが配達員の方にも責任があるんじゃないのという風潮が見受けられるのが、これまた恐ろしい。

『いいから持ってきなさいよ！　キイーーッ』

『今すぐ持ってこい！　ガアーーッ』

と約束を守らない荷受人に限ってこんな一方通行の要求を当たり前のように振りかざしてくる。

配達する方にしてみれば、今すぐと言われても時間帯の荷物に今は追われているのですぐはお伺いできませんとなる。

がしかし、そんなことを言おうものなら有無を言わさず会社に文句言ってやるから電話番号教えなさいよ！　となる。

なんだこれはと思う。

そもそも論を言わせてもらえば、荷受人様であるあなたの代わりに、あなたがご自分でお店で買ったなにがしかの品物を、取りにいけないあなたのために時間と労力使って届けているんですよと。でしたら、荷受人様の方にもその荷物を受け取るという責任が発生してはいませんかと。

荷受人様と配達員の責任の比率は決して一〇〇対〇ではありません、五〇対五〇の双方に同じ比率で責任を取らなければいけない関係にあるんですよ。配達員は約束の日時にきっちり配達にお伺いする。お客様はその日時に在宅し、確実に荷物を受け取る、そんな双方の信頼関係の中で初めて成り立っているんですよと。

それがお前らの仕事だろうと言われれば、もうなにも言えない。ただあまりにも理不尽な要求が多すぎるのも現状だ。

でも、草太が悲しそうに言った、お客さん待ってますからの方に比率が寄ってしまうのは致し方がないのかあとも思う。会社だもんね、しょうがないのかなと。

草太と俺のカーゴの前でそんなやり取りをしてると、その間に割って入ってきたやつがいた。

「どれ？」

青を基調にした制服を着たその男は、ぶっきらぼうに草太を睨む。

「あ、あの、この辺です」

「なに、こんなにあんの、聞いてねえし」

なんだこいつは、この若造は。

「すいません」

「ちっ、後で取りに来させるから分かるように分けとけよ」

「はい、分かりました」

その若造はもう一度ちっと舌打ちをして、肩で風を切りながら事務所へと続くエレベーターの方へ向かっていった。

「誰？」

すっかり萎縮している草太。

「あ、営業課長さんです」

「そうなの、あれで？」

昨日の朝礼男といい今の舌打ち男といい、常識が通じないようなやつしかいねえなあ、ここは。

「昨日も遅かったのか？」

話題を変えようと、ちょっと草太の気分転換をはかってみる。

「はい」

「嫁さん心配するんじゃないのか？」

「はい、でも僕が稼がないといけないので」

「まあ、お金はいると思うけどお前が倒れたりしたらなあ、健康はお金じゃあ買えないぞ」

「分かっています、ほどほどにやってますので大丈夫です」

どこがほどほどなんだと思う。睡眠時間は一日四時間と言っていたが、多分そんなに取れていないだろう。休みだって週に一日の十八時間労働、過労死ラインを思いっきり超えてるよ。

「そうか、あまり無理すんなよ」

ポンッとこづいた頭がなんだかベトベトしていた。

「風呂入れよ……」

配達人に人格は……

結局俺は昨日の未配分の百件余りを積んで出発。これから起こるであろう大変な事態のことなんて知るよしもなく、コースに到着。

さあて伝票でも組むかと助手席にエリア地図を広げ、それとにらめっこをしようとした時、会社から貸与されている携帯電話機能の付いたモバイル端末の呼び出し音が鳴った。

腰に付けているモバイルホルダーからズイッと抜き取り画面を見ると、このエリアの責任者だと草太から聞かされていた名前が映し出されていた。

はいもしもしと言うか言わないかのうちに電話の向こうの主にいきなり頭ごなしに暴言を吐かれた。

「おめえよお、なに昨日未配してんだよ！」

その迫力に思わずすいませんと答えた。

すると今度は「お前誰だよ」だの、「どこの業者に入ってるんだよ」だのと質問され、それに答えようとしても、「ああ！　声が小さくて聞こえねんだよ！」と俺の言葉をさえぎり、がーがーごーごーと地鳴りのような大声で脅しとも取れる言動を電話の向こうからこれでもかと浴びせてきた。

「おめえよお、おめえの昨日の未配のせいでこっちは大騒ぎになってんだよ！　今すぐお客さんとこ行って謝罪してこい！　分かってんのかよお！　おい！」

と一方的に責められ電話を切られた。

いやいや、責任者のお前がこうならないように人の段取りとかすればいいんじゃないのと電話を切られた後、無性に腹が立ってきた。

その後すぐに草太から入電。

「浩一さんマズイですよ、早く謝罪に行ってください！」

おそらくは、今の電話の主から相当なことを言われたんだろうとは予測できた。

「て言われても草太、名前も住所も聞かされてないんだぜ」

「えー！　そうなんですかー！　ちょっと待っててください、カスタマーから電話させますから！」

草太、そんなにまでしてこの仕事をしていたいのか。言うほど稼げてるとも思えないし、協力会社とは名ばかりの、この会社の社員からしてみれば、俺たちなんてただの奴隷にすぎないいんじゃないのか。殺されるぞこの仕事に、ここの社員に。

そう思っていたら、また入電。

「カスタマーのなにがしです。もうこちらでは手に負えないのでそちらでお客様対応お願いします」

と落ち着いた女性の声。

「えっと、分かりました。住所とお名前お願いできますか」

と言うのと同時にピコンと端末にメールが入ってきましたよとお知らせする音が耳に届いた。

「メールを飛ばしましたので確認お願いします」

と冷たく言われ電話を切られた。

さあそこからが大変大変大変。

一抹の不安を感じながら住所の場所へとたどり着き、未着連絡を受けた荷物を抱えてインターホンを鳴らすと、インターホンからの応答のないままガチャリとその重厚な扉が開き、中から般若の面でもかぶってるんじゃないかと思わせるくらいに怒りが顔中に溢れている老婆が現れ、いいからこっちに来いと玄関の前に促されて、いいから入れと玄関の中へ。

そこへ座れと大理石の床を指さされ、冷たい感触とともに正座をする。ていうか、さっきからお婆さんの手に持ってるものが気になってしょうがないんだけど、それって刀でしょ、だってそれにしか見えないんだけどさ。

そんな俺の様子なんておかまいなしに、お婆さん、俺の目の前に置いてあった椅子にドカリと座り、そのすぐ横に置いてある刀置きにカチャリと刀を収め、地の底から湧いてくるような不気味な声で説教を始めた。

それから延々二時間、よくそんなに話が続くなあと、足の痺れもなんだかよく分からない感覚にとっくに陥っていた。これ立てるのかあなんて思ってたら、急にお婆さん、声を荒げて、ガチャリと刀を持ち上げたと思ったら、シャキーンと刃を抜いたのよ、これがまた。

俺、ひえっと声にならない声を上げて、そのまま後ろに倒れちゃったわけ。それを見ていた家の人たちが、わあーっと一斉に出てきてお婆さん取り押さえるためにチャンバラ始めたのよ。キーンキーンッて刀から火花散らしながら。いいから逃げろって、そのうちの一人に言われて、言われなくてもそうするわって叫びながら、命からがら転げるように逃げ出したんだけど、だってほら足が痺れて言うこと聞いてくれなかったからさ。

閉まっていく扉の向こうからお婆さんの気持ちの悪い叫び声が聞こえたんだけど、なんか呪われた気がして背筋が凍ったね。

二時間も路上駐車している自分の車のフロントガラスに案の定、黄色い駐車禁止の違反キップがバッチリ張られてるし、腕時計を見たら、もう十三時回ってるし。

溢れんばかりの疲労感に苛まれながらなんとか車に乗り込み、とりあえずその場を去ったわけ。

なんとか百件ほどの配達荷物を二十一時ちょっと過ぎに回り終えて一息ついた。

「なんか俺たちって、ただの被害者だよな」

とぼそりと独り言を吐く。

『配達員に人格はないんだよ』

頭の中で誰かが言った。

絶体絶命のその時

やけに静かだった。

俺も草太も営業所には二十一時半過ぎには到着していた。いつもは電気の点いているこの場所は、夜の間、それぞれのカーゴに荷物を仕分けてくれているはずの夜勤さんの姿も見えない。

「やけに静かですねえ」

なんか怖いですねと草太が身をすくめている。

「電気のスイッチの場所分かる？」

「あ、はい点けてきます」

小走りに暗闇の方へ向かっていく。

草太が暗闇に吸い込まれてほどなくして電気が点いた。

ちょっとほっとしていると、なにかのうめき声のような声が聞こえてきた。草太は戻ってこない。

「草太あ、どうしたあ、電気点いたぞお」

返事がない。

うめき声は草太が入っていった暗闇の中から聞こえてくる。

冷たい汗が一筋背中を伝う。

その暗闇の中からそいつらは突然現れた、草太を羽交い絞めにしながら。

一人は朝礼怪人、一人は舌打ち星人、もう一人は初めて見る顔だったが、そいつの正体はすぐに分かった。今日の昼間、俺に「おめえよお！」と脅しをかけてきた男だ。だって現れたそばからおめえよお、おめえよおって昼間の電話の声にそっくりなんだもん。

朝礼怪人は、ぐへへへへと言いながら草太をその汚いお腹の前で羽交い絞めに、舌打ち星人は、ちっち、ちっち言いながら肩で風を切っている。

おめえよお怪物は、相変わらずおめえよお、おめえよおと臭い息を吐きながらずりずり近付いてくる。しかも、三人が三人ともギラリと光る両刃の剣を背中に背負い込んでいるのが見て取れる。

「おいお前か、未配をしたのは、ぐへへへへへ」

「今時流行らねえんだよ、未配するなんてよお、ちっちちっち」

「おめえよお、未配したらどうなるか思い知らせてやるからよお、げぼげぼ、げぼげぼ」

くっさ。

この状況、非常に困難極まりないぞ、一人ならなんとか逃げられるかもしれないが、草太を置いていくわけにはいかないし、困った困った。

「なぁにを独り言を言ってやがる、さっさと死ねえ！」

舌打ち星人とおめえよお怪物が両刃の剣をシュリンと抜きながら俺に向かって襲いかかってきた。距離にして十メートル。万事休すと思った瞬間、俺のすぐ前にぶわっと何かが現れた。その現れた三人のうち二人は舌打ち星人とおめえよお怪物の剣をバシッと素手で払い、それぞれのみぞおちに鋭いパンチをどすっとお見舞いした。

グフッと崩れ落ちる舌打ち星人とおめえよお怪物、すかさずもう一人がうつ伏せに倒れている二人の背中にその手を押し付け、はっ!!　っと気を送った瞬間、うげえ！　と言って口から黒い物体をゴバッと吐き出してその場に突っ伏す二人。

「おのれえ、よくもやってくれたなあ、こうしてくれるわあ！」

と朝礼怪人が草太に剣を振り下ろそうとするのより早く、最初の二人が瞬間で朝礼怪人のすぐ脇に取り付き、一人は剣を瞬時に奪い、草太を引きはがし、一人は相手のみぞおちにドドドッと鋭いパンチをお見舞いした。うううとうつ伏せに倒れ込んだところに、また同じようにもう一人が手のひらを背中に押し付け、はっ!!　っと気を送ると、うげげと口から黒い物体をゴバアと吐き出した。

「ここはもう宅配の悪魔に取り憑かれているわ！　急いで脱出よ！」

と言った声に非常に聞き覚えがあった。

「浩ちゃん、もう大丈夫だからね」

「香織？？？」

「これはいったいなに？？？」

「話はあと。さあ行くわよ、私につかまって」

「え、え、どうするの？」

「決まってるじゃない、瞬間移動するのよ」

「するのよって、俺の車はどうすんの？」

もうしょうがないなあと香織。

「車なんて私が買ってあげるから、命の方が大事でしょ」

「いや、財布とか携帯とか置いてあるんよ車の中に」

「あら、そういうこと。草太君も車の中に置いてあるの」

「はい」

「お父さん、梨花、取ってきてあげて」と香織が言うが早いが、シュンッという音もなしに二人のバッグを手にする二人。

「とりあえず、茂さんのところに飛ぶわよ、いい？　つかまって」

俺は香織に、草太は香織のお父さんにつかまり、梨花ちゃんは余裕の表情で茂さんのお店に瞬間移動したのです。

「あの営業所は駄目ね。完全に侵略されてるわ、宅配の悪魔に」

そんなことがあった翌日の夕飯時の七時過ぎ、茂さんのお店に集まる俺と香織と草太、それに香織のお父さんに妹の梨花ちゃん。今日のすし茂は暖簾を下げて、この五人で貸切です。

カウンターの向こうには草太の顔を見てうれしそうに微笑んでいる茂さんがいます。

「昨日のこと、説明してくんない?」

鯖の赤身を指でつまんでいる香織に、どういうこと、説明してと俺。

「昨日の夜の八時過ぎにね」

と香織が話し始めた。

なんでも最近〝宅配の悪魔〟っていう憑依霊があちこちで飛び回っているそうで、それも結構悪質な霊なんだと。で、予知とテレパシーと瞬間移動のスペックホルダーの香織たちにたまに連絡がくるんだって、それぞれの頭の中に。

「なんて言ってくるの？」

「はっきりは聞き取れないんだけど、なんか暗号みたいな感じ。ねえお父さん」

「うんそうだなあ、そんな感じかな」

白髪まじりのオールバックがよく似合う、渋さ全開のダンディ野郎が、これまた渋い声で答えてくれた。

「ふ～ん。でもほんと助かったよ。香織たちが来てくれなかったら、今頃俺たちここにいなかったかもしれないしな。な、草太」

茂さんを前に遠慮がちな青年の肩をポンッと一つ。

でもね、ほんっとに配達の現場って過酷を極めているよ、今回ちょっとだけだけど経験させてもらってよく分かったんだ。

お客さんからは理不尽なことで責められ、ちょっとのミスで元請けの会社の社員からはボロクソに言われ、安い単価の中で毎日毎日寝る時間もないほどに荷物にも時間にも拘束され、休みの日は死んだように一日中寝る。それこそ理不尽だし不公平だと思う。その人が望んでやっていることだろっと言われればそれまでだけど、せめて、荷物の注文をした荷受人の方々には、自分にもその荷物を注文した瞬間から受け取るという責任が発生しているということを真摯に受け止めていただきたいと思う。

「聞こえたのよ、浩ちゃんの声が。助けてってテレパシーで。だからすぐに茂さんとこに飛んで、遠隔視で見てもらったの。そしたらそんな状況になってたから、慌ててお父さんと梨花を呼んで浩ちゃんのところに飛んだってわけ」

ナイスなタイミングだったでしょっと香織。

「ありがとう。でも、あの営業所はどうなるんだ?」

「うーん、分からないけど、まだまだ悪魔が棲みついているみたいだったからね。でも私たちにもたまに連絡があるだけで、退治しろとかそういう連絡じゃあないし、どうなるんだろね」

「そうか」

「で、まだこの仕事続ける気なの」

「いや、もうやらないし、もうあそこへは行きたくないけど、車置きっぱなしなんだよね」

「あ、それなら浩一君の借りている駐車場教えてくれれば、後で私が移動させておくよ」

とお父さん。

「え、そんなことまでできるんですか、ありがとうございます。そうしたら草太のもお願いしちゃっていいですか」

「いいよ」

恐縮しちゃっている草太。それを見ていた茂さんが穏やかに声をかける。

「なあ草太、こう言っちゃあなんだが、うちに戻ってくるつもりはねえかなあ。俺はいつでも大歓迎なんだけどなあ。ほらあれだ、お金の心配してるんだったら少しは持ち合わせあるからおめえにやるよ。な、考えてみてはくれねえだろうか」

茂さんが話し終わる前に、俯いて聞いていた草太の目から涙がポロポロポロポロ流れ落ちていた。

震える肩で小さく答えた。

「僕で良ければ、よろしくお願いいたします」

それを聞いた茂さん。満面の笑みを浮かべ、カウンターの向こうからポンポンポンポン草太の頭を撫でていた。

草太、髪の毛洗ったのかなあ。

じゃあまたねえとみんなと別れ、ほろ酔い気分で家に到着。

「ありがとな香織。まさに俺の命の恩人だよ、ほんとありがとう」

「なあに神妙な顔つきしちゃって、似合わないぞ」

額をこづかれる。

「でもさ、瞬間移動って格好いいよなあ。それって訓練とかしたの」

「ううん、生まれつき。中学入ってすぐにお父さんに打ち明けられたんだけど、さすがに最初は受け入れることができなくて、三日三晩泣いたわよ」

「ふ〜ん」

「でも、泣いた後は、もうなんだかどうでもよくなっちゃってさ。楽しむことにしたの。ま、能力を出世の道具に使ったことも否めないわね」

自慢げに腕組みをしながらふんっと鼻先の空気を軽く持ち上げた。

「なあ、俺にもあるかなあスペック」

「どうだろうね、ねえねえ、もし使えるとしたらどんなスペックが欲しいの?」

ずいっと顔を近付けてきた。

「そうだなあ、テレキネシスなんていいんじゃないの、カッコイイじゃん。手を使わないで物が動かせたりさ」

「そうね、あったらちょっと便利かもね」

だろお、なんて机の上に置いてあるペン立てに両手を向けて。はああ！　なんて念を送ってみる。

動くはずないじゃないなんて言われて、そうだよなあ、あははははと諦める。

お風呂一緒に入ろうよと、どちらが言うでもなくダイニングを後に。


さっき浩一が念を送ったペン立てのずっと向こうに最近建ったばかりの高層マンションが窓越しに見える。そのマンションが二ミリほど、ずずっとずれたことにまだ誰も気付いていなかった。

観音様がうんこするくらいありえなくね。

てへぺろ（笑）

著者プロフィール

西東 フランシスコ洋介（さいとう ふらんしすこようすけ）

東京都在住。
「どっかに百万円くらい落っこちてないかなあ。
またどっか旅行に行けるんだけどなあ」
著書に『観音様のうんこ』（2017年、文芸社）がある。

観音様のうんこ 2　すべての配達員に捧ぐ

2022年5月15日　初版第1刷発行

著　者　西東 フランシスコ洋介
発行者　瓜谷 綱延
発行所　株式会社文芸社
〒160-0022　東京都新宿区新宿1－10－1
電話　03-5369-3060（代表）
03-5369-2299（販売）

印刷所　神谷印刷株式会社

ISBN978-4-286-23688-9